Schreiben ist wie Singen,

nur leiser.

# Ruhrpott Blagen

## Humorvolle Kurzgeschichten

## aus den 1960er Jahren

ISBN: 978-3-7543-3933-6

Bibliografische Information der Deutschen
Nationalbibliothek:
Die Deutsche Nationalbibliothek verzeichnet diese
Publikation in der Deutschen Nationalbibliografie; detaillierte
bibliografische Daten sind im Internet über http://dnb.dnb.de
abrufbar.

Fotos:  Marion Kaltenkirchen
Cover:  Martin Holt, Adelheid Bitzer

Herstellung und Verlag: BoD – Books on Demand,
Norderstedt

ISBN:  978-3-7543-3933-6

# Inhalt

Vorwort                                              7

Das Gebiss unserer Mutter                            9

Wie ich meine Schwester Martina entsorgte           19

Giuseppe malato                                      33

Claudias Maikrabatz                                  51

Die roten Gummistiefel                               61

Eine Viertelstunde Meerjungfrau                      81

Gladbeck besucht Palermo                             89

Schielende Bambola                                  103

# Vorwort

Dieses kleine Buch ist kein Beschwerdebrief an Diejenigen, die das jetzt oben vom Himmel aus mitlesen. Wenn Ihnen als Leser auffällt, dass die Wolken plötzlich zittern oder eine leichte Windböe die Buchseiten umblättert, kommt das vom schallenden Gelächter der Mitakteure, die nicht mehr unter uns weilen.

Unsere Jugend und das Aufwachsen in einer deutsch-italienischen Arbeiterfamilie war außergewöhnlich, alleine schon durch die unterschiedlichen Mentalitäten unserer Eltern. Beim Schreiben hatte ich alle lustigen Filmchen noch einmal sehr lebendig vor Augen. Es hat mir Spaß gemacht, diese Bilder als bunte Worte zu Papier zu bringen. Wenn wir drei Geschwister diese Erlebnisse heute erzählen, klingt es wie ein ausgedachter Slapstick.

Das hört sich alles sehr weit weg an im Jahr 2023. Ist es ja auch. Es ist 53 Jahre her, doch immer noch sehr lebendig.

Wir Kinder wurden damals „Blagen" genannt, und waren alles andere als verwöhnt.

So ist der Titel dieses Buches entstanden.

# Das Gebiss
# unserer Mutter

Heute ist mir dieses Erlebnis in den Sinn gekommen und ich verwende die Sprache, die wir damals als Ruhrpott Blagen gehört und gesprochen haben.

Die „Dritten Zähne" waren in den 1960er Jahre wohl eher eine lockere Angelegenheit. Beim Essen, Sprechen und Lachen konnte man deutlich sehen, wer ein neues „Esszimmer" im Mund hatte. So auch bei unserer Mutter. In jungen Jahren waren ihre Zähne schon so schlecht, dass die „Dritten" notwendig wurden. Der Zahnersatz damals war recht primitiv und einfach.

Sie hat mir ihr Gebiss einmal gezeigt. Mahnend und mit erhobenem Finger machte sie mir deutlich was passieren konnte, wenn man sich nicht richtig die Zähne putzt. Als sie es herausnahm, hatte sie ein ganz anderes Gesicht. Die eingefallene Oberlippe war in Plissee-Falten gelegt und sah lustig aus. Sie konnte auch *nis mehr rischtisch prechen*.

Aber mit Humor erklärte sie, das es besser wäre, als gar keine Zähne.

Ab dieser Zeit beobachtete ich unsere Mutter beim Essen und sie wusste genau was ich dachte, wenn sie kauend zu mir herüberschaute.

Ich habe mir manchmal vorgestellt, wie sie die Zähne herausnahm und in das Schnitzel biss oder mit den „raussen Zähnen" die Kartoffeln zerkleinerte. Da war meiner Fantasie keine Grenzen gesetzt.

Und glaubt mir, ich hatte Bilder von einem sich verselbstständigenden Gebiss, das über den Küchentisch klappert, und sich etwas von den anderen Tellern holte.

Eines Morgens, als Mutter die Betten am Fenster im oberen Stockwerk aufschüttelte, plachanderte sie mit der Nachbarin von der anderen Straßenseite. Plachandern übersetzt bedeutet „quatschen". Manchmal über Andere, manchmal nur aus Spaß an der Freude. (Die älteren von euch kennen diesen Ausdruck).

So ging dann die Konversation hin und her, wurde immer lauter, quer über die Straße wurde gerufen und gelacht, und andere Nachbarinnen kamen dazu. Strassenplachandern im Ruhrpott-Jargon in voller Bandbreite. Die Männer waren arbeiten und die Frauen hatten Zeit.

„Hey Kowalski, wat machse da draußen in Garten. Seh ma libba zu, datte dat Essen feddich has, wenn dein Alter nach Hause kommt."

Oder:

„Hey Kubiak, schneidse den Rasen widda mitte Nagelschere"?

So wurde geflachst und die Frauen hatten Spaß. Der Ton war rau aber herzlich.

Als meine Mutter einmal etwas zu laut lachte, löste sich ihr Gebiss. Noch ehe sie sich versah, und die Hand, wie sonst vor den Mund halten konnte, waren ihre Dritten schon auf dem Weg über die Dachziegel in die Regenrinne. Vor Entsetzen war meine Mutter stumm, was ich nur wenige Male erlebt hatte.

Die teuren Zähne! Geld für neue war keins da.

Das was sie jetzt sagte, schreibe ich hier nicht. Ich überlasse den Lesern herauszufinden, welches Wort sie benutze.

In ihrer Not kam ihr wohl eine Idee. Sie rief nach mir. Ich war noch im Kinderzimmer auf der gleichen Etage, im Schlafanzug.

„Heidi du musst da runter und die Zähne wieder rauf holen."

Ich hatte keine Angst, war ja noch ein unbedarftes Kind und fand das alles eher spannend.

Die Frage war nur, wie?

Die oberen Zimmer befanden sich direkt unter den Dachpfannen und die Fenster waren als Gauben ausgebaut. Die Schindeln nass, mit Moos überzogen und deshalb sehr rutschig, wie alle Dächer in den Zechen-Siedlungen.

Es wurden zwei große Bettlaken verknotet. Ich kletterte über den Fenstersims und setzte mich auf den dicken Knoten in der Bettwäsche. Langsam seilte meine Mutter mich ab. „Halt dich sssschön fest und hample nich mitte Beine!" rief sie immer wieder und alles ohne Zähne. Die lagen ja in der Regenrinne. Der Abstieg war leichter gesagt als getan. Es war schwindelig hoch, wenn man auf dem Dach war, und so von oben herunterschaute. Jetzt war mir doch mulmig zumute. Dazu hatte ich nicht wirklich Zeit.

Mittlerweile waren einige Nachbarinnen auf unsere spektakuläre Aktion aufmerksam geworden. Sie versammelten sich auf der kleinen Rasenfläche unter dem Fenster vor dem Zechen-Haus.

„Was macht ihr da?! Das ist gefährlich! Ihr seid bescheuert, da kann was passieren!" Verschiedene besorgte Stimmen riefen uns das zu. Unsere

Mutter seilte mich indes unbeirrt weiter ab. Langsam und vorsichtig.

Dabei nuschelte sie zahnlos

"fessschtthalten"! „Sssschau nis nach Unten!"

Es dauerte etwas, aber an der Dachrinne angekommen sah ich kein rosafarbenes Gebiss. Vielmehr waren da Unmengen an verfaulten Blättern und anderem Schmand. Vogelmist von den Tauben sowieso. Zu dieser Zeit war ich ca. 10 Jahre alt, leicht wie ein Floh und gelenkig wie ein Schlangentier. Ich verbog mich wie ein Fragezeichen und sah dann die Zähne, in einer ganz anderen Ecke der Regenrinne, als wir sie vermutet hatten. Das Gebiss war wahrscheinlich beim lauten Lachen meiner Mutter richtig in Schwung gekommen, und ist ihr aus dem Mund geschossen.

„Weiter runter!", rief ich meiner Mutter zu.

Ich wollte an der Regenrinne Fuß fassen und mich hinsetzten um zu Buddeln. Mit den Zehen der nackten Füße versuchte ich mich über die Dachpfannen zu tasten.

„Nein! Ah! Oh mein Gott, ich kann gar nicht hinsehen," war von Unten zu hören.

Ca. 3 weiße Zähne konnte ich ausmachen. Die Prothese steckte vertikal in der Matsche. Ich griff ich die dritten Zähne unserer Mutter, als ich einen kurzen Moment das Bettlaken mit einer Hand los ließ. Ich hatte das Gebiss. Aber nun konnte ich mich nicht mehr festhalten. Taschen waren auch nicht an meiner Schlafanzughose. Also blieb mir nichts anderes übrig, als Mutters Gebiss, das zwischen Blättern und Schlamm gelegen hatte, zwischen meine Zähne zu klemmen. Die Beißerchen kurz an meiner Schlafanzughose abgewischt, ging es nach oben.

Die zahnlose Frau zog mich langsam hinauf und ich half dabei, mit paddelnden Füßen, zum Fenster zu kommen. Als ich über den Fenstersims schwang, hörte ich lautes Klatschen.

„Bravo!!! Gut gemacht," kam von den Nachbarinnen, die die unten standen. Sie waren auch erleichtert.

Das Happy End war perfekt. Mutter hatte ihre Zähne und ich hatte überlebt. Zwar mit einem sandigen, fauligen Geschmack im Mund, aber heil und unversehrt. Nie durfte ich jemandem davon erzählen, es war unser Geheimnis. Die Nachbarinnen haben auch dicht gehalten, weil ihnen diese Geschichte sowieso niemand geglaubt hätte. Sie nannten mich oft Klettermaxe. Doch in dem besorgten Gesicht unserer Mutter hatte ich bemerkt, dass ihr nach dieser Aktion „alle ihre Sünden eingefallen" sind. Sie war nachträglich erschreckt über ihre Idee und hatte ein mordsmäßig schlechtes Gewissen. Sie bedankte sich bei mir, als sie die Zähne im Waschbecken abspülte. Für einen kurzen Augenblick war ich ihr Star.

Seit dieser Aktion veränderte sich etwas gravierend. Wenn unsere Mutter aus dem Fenster im ersten Stock über die Straße plachandern wollte, tat sie das auch weiterhin. Nun aber mit der Bemerkung:

„Moment ich muss ers mein Esszimmer raus nehmen."

Sie konnte dann zwar *nis mehr so deutslich prechen,* aber ihr Gebiss war in Sicherheit in der Tasche ihrer Kittelschürze.

# Wie ich meine Schwester Martina entsorgte

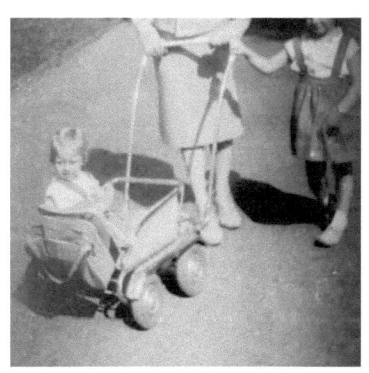

Nachts wachte ich von fürchterlichen lauten Schmerzensschreien meiner Mutter und einem kräftigen Babygeschrei auf.

Man hatte mich am Abend ins Wohnzimmer verfrachtet. Eine meiner Tanten war gekommen und schlief mit mir auf dem Sofa. Gefühlt war für mich etwas nicht in Ordnung. Zweieinhalb-Zimmer-Wohnung.

Meine Mutter bekam ein Baby. Es war eine Hausgeburt. Die komische fremde Frau war eine Hebamme. Ich durfte nicht in das Schlafzimmer, woher die Schmerzensschreie kamen. Und ich hatte Angst. Meine Tante war auch außer sich, weil von der Schwangerschaft niemand etwas geahnt hatte.

Am Morgen lag da eine schäbbige Puppe mit meiner Mutter im Bett. Meine Schwester Martina war geboren. Ab da war ich eigentlich nur noch sauer. Ständig musste ich leise sein, durfte mich kaum noch bewegen. Schallplatten hören war verboten, auf dem Sofa hüpfen auch. Und es war Winter. In der kleinen Wohnung standen sich alle nur noch auf den Füßen herum.

Öde Tage und die kleine Puppe wurde immer hübscher. Besuch, Besuch und nochmals Besuch.

Alle wollten das hübsche, braun gelockte italienische Mädchen bewundern. Ich „durfte" meiner Mutter beim Stillen zusehen, (was mich nicht wirklich freute) und sie hat gefühlt den ganzen Tag gestillt. Das Kind war einfach nicht satt zu kriegen. Ständig am plärren, immer Hunger. Und dann die Windeln - nee, da gehe ich hier nicht näher drauf ein.

Das ganze vorherige Leben war verändert. Alles drehte sich nur noch um die komische bewegliche Puppe. Ständig wurde spazieren gegangen und ich sollte lernen, den Kinderwagen zu schieben. Wollte ich aber nicht! Bockig, mit vor der Brust verschränkten Armen, weigerte ich mich lange Zeit überhaupt an der Schiebestange anzufassen.

Das... "ach ist die süß" -

„sie hat ja schon soo viele Haare," der Leute, die sich über den Wagen beugten und Laute wie „hitti-ditti di und hatta-datta" von sich gaben, habe ich nicht verstanden. Zu mir haben sie immer nur gesagt:

„du musst jetzt schön auf deine kleine Schwester aufpassen!"

(Ich glaube, das war nicht gut, stelle ich heute beim Schreiben lächelnd fest)

Martina wurde größer und das Babylachen entzückte selbst mich. Manchmal durfte ich sie auf den Schoß nehmen. Dann spielten wir „Hoppe Reiter". „Wie das Fähnchen auf dem Turme" sah einfach zauberhaft aus, wenn sie das mit ihren Patschhändchen und den großen Kulleraugen nachahmte. Nach und nach schob ich den Kinderwagen dann doch stolz vor mir her. Ich konnte die Bremse bedienen und war sehr sicher in der Lenkung.

Das bemerkte unsere Mutter auch. Dann durfte ich auf dem Bürgersteig vor dem Haus alleine mit dem Kinderwagen hin und her fahren. Dabei musste ich meine Arme ziemlich hoch an die Schiebestange recken, erinnere ich mich. Ich war noch recht klein. Ich glaube meine Mutter hatte damals schon einen Plan, von dem ich aber nichts geahnt habe. Mit ca. einem Jahr konnte „la Bambola" (übersetzt das Püppchen) im Sportwagen sitzen. Sportwagen waren damals Kinderwagen mit kleinen Rädern, der ganze Stolz aller Frauen. Vollgummireifen rundeten das Bild einer tiefergelegten Seifenkiste ab.

An einem schönen Frühlingstag brachte unsere Mutter meine Schwester und den Sportwagen vor die Tür, und ich sollte sie wahrhaftig kutschieren.

Mit einem hübschen Häubchen auf dem Kopf, unter dem sich die braunen Locken hervorkringelten, saß Martina erwartungsvoll in ihrer „Kutsche".

Als das Gespann auftauchte und mein Name gerufen wurde, ahnte ich schreckliches. Ich weiß nicht, ob unsere Mutter selbst keine Lust hatte oder unpässlich war. Vielleicht war auch eine Nachbarin zum Kaffee gekommen. Jedenfalls bekam ich die Aufgabe „spazieren gehen" aufs Auge gedrückt. Das wollte ich gar nicht. Ich wollte spielen! Sämtliche Schimpfwörter, die ich kannte (und das waren schon einige, denn man lernte ja auch von den älteren, größeren Kindern) sprudelten aus mir heraus.

Alles Stampfen und Heulen nützte nichts. Ich wollte nicht, aber ich musste.

Wieder einmal war eine Spazierfahrt angesagt. Die meisten Kinder aus der Siedlung spielten gerade „Fischer, Fischer wie tief ist das Wasser" auf dem Parkplatz vor dem Haus. Eines meiner Lieblingsspiele außer Gummi-Twist.

Ich weiß noch, wie wütend ich war, dass ich nicht weiterspielen durfte. Böse Blicke aus meiner Richtung trafen meine Mutter.

Es waren gedachte Pfeile. Aber das störte sie nicht wirklich.

„Schön aufpassen! Und nicht so schnell schieben. Fahr nicht so weit weg",

mit diesen Ermahnungen drehte sie sich um und ging zurück ins Haus. Schmollenden fügte ich mich in mein Schicksal. Als ich um die nächste Kurve gebogen war und mich niemand mehr sehen konnte, schüttelten meine Hände und dünnen Ärmchen den Sportwagen bei jedem Schritt. Mit aller Kraft wuchtete ich die Haltestange auf und ab, sodass sich Vorder- und Hinterräder abwechselnd vom Boden hoben. Die Kleine wurde nach allen Regeln der Kunst durchgeschüttelt.

Sie hüpfte manchmal ein Stückchen hoch als, wenn sie auf einer Sprungfeder saß. Dann schaukelte sie wieder wie die kleinen Wackelhunde, die hinten im Auto neben der umhäkelten Klopapierrolle standen, mit dem Kopf hin und her. Das reichte aber noch nicht.

Meine Wut, dass ich nicht mehr spielen durfte, war ziemlich groß. Vor und zurück ganz schnell und wieder vor und zurück. Und alles das geschah mit ordentlich Schwung.

Da es keine Sicherheitsgurte im Kinderwagen gab, schoss die Kleine mit der Fliehkraft nach vorne und wieder nach hinten. Patsch, - mit der Nase auf die selbst gehäkelte Decke, wummm - wieder zurück auf das Rückenkissen.

Sie trug nur einen kleinen Lauflerngurt am Körper, um das Herausklettern aus dem Wagen zu verhindern. Der Freude, den sie bei der ganzen Aktion hatte, war nicht zu übersehen. Brabbelnd und quietschend vor Vergnügen, reckte sie ihre Ärmchen hoch und ihr Windelpopo wackelte. Mit klatschenden Patschhändchen zeigte sie mir: mehr! Mehr! Ich sollte mehr wackeln, noch mehr Unfug und Dönnekes machen sollte. Endlich war in dem Kinderwagen mal Action.

Ungewollt bereitete ich ihr einen Abenteuerurlaub. Mensch war ich sauer. Wütend streckte ich ihr immer wieder die Zunge raus und sie grinste und ahmte es nach.

„Bäh" konnte sie nachmachen.

Gespuckt habe ich glaube ich auch. Nicht in den Kinderwagen aber auf die Straße. Wenn sie es auch versuchte, sah das niedlich aus. Es passte mir überhaupt nicht, dass sie auch noch Spaß hatte. Ich gehe jetzt weit weg, sagte ich zu mir.

Ganz weit. Dann werden alle weinen, sobald ich nicht mehr da bin. Mich will eh keiner mehr haben.

Für mich war „weit weg" die große Wiese, die uns als Kindern bei Schnee als sachte Rodelbahn diente. Dort im Alleingang hinzugehen war verboten. Grollend brütete ich über neue schlimmere Maßnahmen. Ob der Wagen bergab auch ganz alleine fährt? wollte ich ausprobieren.

„So! das haben sie jetzt davon!"

Mit viel Kraftaufwand schob ich den Sportwagen über den kleinen Huckel. Es wurde langsam abschüssig.

Mal sehen, ob es mit der „Kutsche" genauso klappt wie mit dem Schlitten. Schwuppdiwupp gab ich dem Wagen einen Schubs, und er rollte ganz von alleine langsam den kleinen Hügel hinunter. Für mich war es ein scheinbarer Abhang.

Doch die kleine temperamentvolle Sizilianerin war auch noch ausgelassen über die „höllische" Rückwärts-Fahrt. Meine Hände klatschten von oben nach unten und ich sagte laut:

„erledigt! Baby weggeschmissen."

Das Thema Spazierfahrten war Geschichte. Stolz und fröhlich hüpfend, machte ich mich auf den Nachhauseweg. Gut gemacht, dachte ich. Schnell reihte ich mich in die spielende Meute der Nachbarskinder ein. Alle freuten sich, dass ich wieder mitmachte. Niemand fragte nach dem Kinderwagen. War uns allen egal. Ganz im Spiel vertieft, war der rasante Spaziergang für mich vergessen.

Unsere Mutter sah nach geraumer Zeit aus dem Fenster und traute ihren Augen nicht. Kein Kinderwagen, keine Martina, nur Heidi beim Spielen mit den anderen Kindern.

Eilig kam sie aus der Tür und fragte mich: „wo ist denn der Kinderwagen und Martina"?

Ich antwortete freudig: „Die brauchen wir nicht mehr! Hab ich weggeschmissen!"

Eher ungläubig entsetzt als sauer, zog sie mich am Arm und schüttelte mich.

„Wooooo verdammt noch mal ist Martina?!!"

Erschrocken antwortete ich noch einmal entschlossen, laut und eindringlich:

„die brauchen wir nicht mehr!!!"

„Wooo ist das Baby?" Angst und Verzweiflung waren in dem lauten, ungehaltenem Schreien deutlich hörbar.

„Wo wir immer rodeln" konnte ich nur noch kleinlaut antworten.

Die Füße sinnbildlich in der Hand rannte unsere Mutter in Richtung großer Wiese. Sie war verdammt schnell aus meiner Sicht.

Und da wackelte auch alles, ähnlich wie bei dem geschüttelten Kinderwagen, denn sie war sehr korpulent. Heute würde ich sagen - Kugelblitz unterwegs.

Als sie hinter dem kleinen Hügel verschwand, konnte ich nichts mehr sehen. Ich dachte nur, hoffentlich findet sie den Kinderwagen nicht.

Aber sie fand ihn, diesen scheußlichen Kinderwagen mit meiner (für mich damals) überflüssigen Babyschwester. Alles war gut ausgegangen. Der Kinderwagen konnte auf der holprigen Wiese nicht so viel Fahrt aufnehmen und stand dort, wo er ausgerollt war.

Für mich als Kind waren die Entfernungen sehr groß, aber in Wirklichkeit war alles es nur eine Straße weiter geschehen. Wohlbehalten brachte unsere Mutter die kleine Martina wieder nach Hause. Geschrien hat der Fratz, soweit ich mich erinnere, nicht ein einziges Mal. Ich denke sie hat geglaubt, dass dies ein neues Spiel ist.

Natürlich gab es Ärger. Drei Tage hat unsere Mutter mich keines Blickes mehr gewürdigt. Ich war ein Monster in ihren Augen. Eine böse Stiefschwester, wie sie es nannte. Ein fürchterliches Kind! (nachträglich muss ich ihr da auch schmunzelnd Recht geben). Und doch hat sie es nicht unserem Vater verraten, obwohl sie sehr böse auf mich war. Eines hatte ich unbewusst erreicht, ich durfte (musste) Martina nie wieder im Kinderwagen spazieren fahren.

Diese Aufgabe wurde einem älteren Nachbarmädchen übertragen, die sehr stolz und glücklich war, auf „la Bambola" aufzupassen. Heute würde ich meine kleine Schwester fragen wollen, ob sie jemals bei den Spaziergängen noch einmal so viel Spaß gehabt hat. Ich denke, sie kann sich nicht mehr erinnern.

Ab diesem Tag war Spielen mit den anderen gleichaltrigen in der Siedlung wieder angesagt. Gummi-Twist, Hinkelkästchen, Wettrennen und „Fischer, Fischer wie tief ist das Wasser", - eben das was wir damals so gerne gespielt haben.

Nur wenn wir im Winter Rodeln gingen, erinnerte ich mich an den Kinderwagen, der hier auch „heruntergerutscht" war. In späteren Jahren eher mit Entsetzen.

Diese Geschichte, teilweise aus Erzählungen der Erwachsenen, und deutlichen Bildern sowie Erinnerungsfetzen aus meinem Gedächtnis geschrieben, ist so geschehen.

# Giuseppe malato

Eine richtig gute italienische Tomatensoße kocht 3 Stunden, so die sizilianischen Koch-Gesetze. Nur Sizilianer können diese Soße wirklich richtig kochen. Und in der Tat ist es so, dass diese besondere Tomatensoße drei Stunden köcheln benötigt, und die Gewürze nach und nach hinzugefügt werden. Ich halte mich noch heute an das Rezept, weil es einfach lecker ist.

Aber wie das so war, hatte unsere Mutter vor dem Kochen noch ganz viel Anderes zu tun. Mit der Nachbarin rechts quatschen, dann der Nachbarin gegenüber erzählen, was die Nachbarin rechts gesagt hat. Schnell war so ein Vormittag um.

Ganz plötzlich wurde es aber Zeit für die Tomatensoße.

„Meeeensch der Alte kommt gleich nach Hause - ich muss gez machen!" Mit einem Blick auf die Uhr und dieser Erklärung verschwand unsere Mutter von der Straße.

Der Kohleherd war angefacht und so begann unsere Mutter mit der Soße eine halbe Stunde vor Essenszeit. Sie war keine Frau, die sich an irgendwelche Gesetze hielt, schon gar nicht an sizilianische.

Öl, Zwiebeln und die anderen Zutaten - rinn in den Pott, „und gez kuck datte gar wir's - blöde Tomatensoße!"

Mit dieser Beschwörungsformel hoffte sie, dass die Soße schneller gar wird. Kochen war nicht das Hobby unserer Mutter. Backen manchmal, vielleicht. Sie war eher das verbale Genie „Quasselstrippe".

Der Tisch war gedeckt, unter den Tellern lag eine frisch gewaschene Decke, die immer feucht auf den Tisch gelegt wurde, damit sie glatt lag, und nicht gebügelt werden musste. Am Außenrand war sie hässlich grün um häkelt und ich pulte mit dem Zeigefinger in den Häkelmaschen herum, bis es Essen gab. An der Stelle wo ich saß konnte man an den Löchern in der Borde erkennen. Die Farbe der Decke würde Apfelsinen neidisch werden lassen.

Wir drei, Martina, Claudia und ich saßen auf der Eckbank. Das war ein praktisches Möbel. Man konnte die Sitzfläche hochklappen und ganz schnell etwas in dem Kasten verschwinden lassen. Oder auch Kaugummi drunter kleben. Jede von uns Mädchen hatte eine eigene Stelle für den Kaugummi.

Uns schmeckten die Spaghetti mit Tomatensoße gut, wir hatten Kohldampf vom „ganzen Morgen draußen im Hof spielen". Nicht so unserem Vater. Ihm schmeckte die Soße überhaupt nicht. Na ja, zugegebenermaßen, ein bisschen angebrannt war sie schon.

(Heißer kochen bedeutet ja nicht: „schneller gar werden".) Giuseppe hat genau gemerkt, dass da gemogelt worden war bei der Garzeit. Mit Schwung stand er auf, nahm den Teller voll Spaghetti, mit einem bitterbösen Blick in Richtung unserer Mutter, und schüttete den ganzen Sermon in den Abfall. Dabei grinste er ziemlich gemein, zeigte seinen Goldzahn an der Stelle wo sonst auf der rechten Seite im Mund der Reißzahn ist. Hämisch sah das aus.

Er zischte in seinem Dialekt: "Di kannse die Pampe alleine essene. Di smette na Aia". (Du kannst die Pampe alleine essen, die schmeckt nach Eier).

Eier hab ich zwar nicht herausgeschmeckt, doch wenn er es sagte, hat es wohl gestimmt.

Nun gut, Eier oder nicht Eier, unsere Mutter, eine ziemlich kräftige stabile Person, unser Vater eher ein drahtiger Foxterrier, stand auch auf.

Sie entfaltete Ihre volle Größe und Breite, ging zwei Schritte auf unseren Vater zu, der an der Stange am Herd gelehnt stand.

Glaubt mir, wir drei Kinder wussten, das jetzt etwas passieren würde. Ich konnte sehen wie die Augen unserer Mutter Feuer spuckten, und aus ihren Nasenlöchern Qualm wie bei einem Drachen hervorquoll.

Sie packte den verdutzten Sizilianer mit beiden Händen an seinen Armen, hob ihn hoch, und setzte ihn mit Schwung auf den ziemlich heißen Kohleherd.

„Dia weddich helfen" fauchte sie, drehte sich um, schmiss den Kopf in den Nacken und ging wortlos in den Garten.

Damit hatte er nicht gerechnet.

Aber wer rechnet auch schon mit so was?

Es bot sich uns ein Bild, das wir nie im Leben mehr vergessen würden.

Der stolze Sizilianer saß auf der Herdplatte, zappelte wie ein Fisch auf dem Trockenen, nicht in der Lage, wieder herunterzukommen.

Wie gebannt klebte ich auf der Eckbank.

Er konnte sich nicht mit den Händen abstützen. Die hätte er sich ja noch neben dem Hintern obendrein verbrannt. Seine Rufe nach „Ingrideee!!! Ingridee!!!" (Ingrid, so hieß unsere Mutter) blieben ungehört. Ingrid saß in ihrer Hollywood-Schaukel im Garten war stinksauer, und fluchte laut vor sich hin: „Der soll nach Italien verschwinden, scheiß Gastarbeiter, alter Sack!" Das ganze Repertoire würde hier eine Seite füllen und wäre nicht jugendfrei.

Wir drei Blagen, eine große B(P)lage und zwei kleine Blagen, konnten uns nicht mehr bewegen.

Claudia mit Ihrer mit Tomatensoße verschmierten Schnute sah man an, wie schadenfroh sie war. Sie blickte mit gesenktem Kopf und ihrem berühmten Augenaufschlag zu mir herüber. Von verhaltenem, unterdrückten Lachen geschüttelt. Ich konnte hören was sie dachte und das war nicht schön. Martina saß mit mir auf der längeren Seite der Eckbank, eher den Tränen nahe. Ich glaube, sie wusste nicht, darf ich lachen oder muss ich weinen? Auch da rote Tropfen von Tomatensoße am Kinn. Das war so, wenn wir Spaghetti Bolognese zum Mittagessen hatten. Mindestens eine lange Spaghetti war nicht zu bändigen und verschmierte uns den Mund.

Mein Lachen war nur noch ein verhaltenes Prusten, weil ich mir mit der linken Hand den Mund zuhalten musste. In der rechten Hand die Gabel, von der lange Spaghetti mit tropfender Soße herunterhingen.

Schäbbige Kinder waren wir!

Gebannt schauten wir dem Gewackel und Gezitter auf dem heißen Ofen zu.

„Tssss - haaa, Dio mio, Madonna mia!"

Italienische Flüche und kleine Schmerzensschreie vermischten sich mit den Rufen nach unserer Mutter.

„Ingreeeediii, Ingreeeediii!"

Kein Gruselfilm hätte besser sein können.

Eine Hinterbacke hoch, dann die Nächste, das alles sehr hektisch. Zusätzlich die Handinnenflächen verbrennen, ließ er bleiben. Das hatte er gemerkt, als er reflexartig versuchte sich mit den Händen vom Ofen zu schieben. War heiß! Der breite Kohleofen war auf der ganzen Fläche glühend heiß. Ingrid hatte ihn richtig angeheizt, damit die Tomatensoße noch rechtzeitig fertig wurde.

Warum meckert er auch immer über das Essen? Dachte ich für mich. Nie ist es gut. Auch ich konnte dem verzweifelt zappelnden Sizilianer nicht helfen. Ich hatte genug damit zu tun, mein Lachen zu unterdrücken und meine Fantasie zu bremsen. In meiner Vorstellung qualmte die Hose und seitlich krochen kleine schwarze Rauchwolken unter seinem Po hervor. Es roch nach verbranntem Stoff. Angekokeltes Fleisch habe ich nicht gerochen.

Er hatte Glück, dass er noch seine Arbeitshose anhatte.

Mit dem Schwung seiner beiden Arme hüpfte er schlussendlich vom Ofen herunter. Beide Hände an seinem schmerzenden Hinterteil hinkte er durch die Küche.

Das Gesicht zornig und schmerzverzerrt schaute er durch das Fenster in den Garten, wo unsere Mutter immer noch nicht auftauchte. Sie schaukelte in ihrem Lieblingssitzplatz rauchend hin und her.

Dann ging sein wütender Blick in unsere Richtung.

„Die lacka no?" (Ihr lacht noch?)

Es reichte, dass seine Hand mit dem Zeigefinger Richtung Tür zum Hof wies. So schnell war ich noch nie von der Eckbank runter. Ich habe sogar mein deponierter Kaugummi vergessen. Martina und Claudia gleich hinter mir. Essen war vorbei. Flucht war angesagt. Wir drei stieben in alle Richtungen der Zechen-Siedlung. Jede zu Ihren Freundinnen.

Deshalb kann ich leider nicht berichten, wie er sich aus der verbrannten Hose geschält hat.

Binnen einer Stunde wusste die ganze Straße Bescheid.

„Üba den vabrannten Hintern von den Alten vonne Ingrid."

Und das Plachandern ging los. Die Nachbarinnen versammelten sich im Garten um unsere Mutter.

„Rück ma, lass mich auch auffe Schaukel."

„Watt hasse gemacht? Erzähl!"

„Willsse nich ma kucken wie et dem geht?"

„Wenn der sich watt getan hat! Ich hol ma ne Salbe." „Der hat bestimmt Vabrennungen dritten Grades,"

wurde durcheinander geredet.

Die Sensation war perfekt.

Stühle waren schnell herbeigeschafft und die Runde im Garten wurde immer größer. Auf dem Klapptisch lagen jede Menge Salben-Tuben und noch mehr Schnapsflaschen standen dazwischen. Aufgesetzter. Jede Ruhrpott-Frau hatte da ihr Geheimrezept. Kaffeeschnaps, Rumtopf, paar Bierchen gab et auch.

„Prösterchen Ingrid"

„Haupsache der hat sich vorne nix vabrannt."

Der Sonntag war gerettet für unsere Mutter.

„Ich hab mein Alten auch ma mitte Fanne ein übagebraten," berichtet die Eine.

„Meiner traut sich datt ga nich, der weiß datt er sich auf watt gefasst machen kann, wenn der übbat Essen meckert."

So erzählte jede ihre Geschichte.

„Prost Kubiak, erzähl doch nomma, wie du Deinen mitt'n Stuhl umgekippt has, un der wie`n Käfer auffen Rücken gezappelt hat."

Das Lachen war weithin zu hören und bald war die halbe Straße im Garten versammelt.

Gegen Abend wurden wir ins Haus gerufen. Unsere Mutter hatte sich doch erbarmt und verarztete den Ofensitzer.

Doch sie hatte leuchtend schadenfrohe Augen und einen leicht bis mittelschweren schwankenden Gang. Wir waren ausnahmsweise sehr still.

Da lag er nun, unser Vater, bäuchlings auf dem Sofa. Verbände aus in Streifen gerissenen Bettlaken auf seinem Allerwertesten. Eine Flasche Olivenöl stand auf dem Wohnzimmertisch. Zitronen (natürlich aus Sizilien) lagen neben der Flasche. Mit einer Mischung aus Olivenöl und Zitronensaft wurde die verbundene Rückseite immer wieder getränkt. Das war ein sizilianisches Wundermittel und Allheilmittel bei Sonnenbrand. Für Herdplatten-Verbrennung mit Brandblasenbildung wohl auch geeignet.

Die Brandblasen wurden uns leider nicht gezeigt, doch sie müssen groß gewesen sein, wenn unsere Mutter schon sagte:

„sieht schlimm aus,"

konnten wir uns den Rest denken.

„Nachwehen" gab es de facto auch, an dem verlängerten Rücken unseres Vaters.

Die Nachbarinnen standen pünktlich hinter den Gardinen, wenn er mit dem Fahrrad zur Arbeit fuhr. „Hasse gesehen Ingrid!" wurde über die Straße gerufen.

„Den kannse bei die Giro d'italia"anmelden, so wie der mit datt Rad fährt."

„Der kann mitt'n Hintern nich auffen Sattel sitzen. Der fährt in Stehen!"

Ich habe ihn auch durch die Gardine beobachtet, wenn er im Hof auf sein Rad stieg. Auf den Sattel setzen konnte er sich nicht. Ganz langsam übte er im Laufe der kommenden Tage, sich dem Sattel zu nähern. Natürlich begleitet von lauten italienischen Schimpfwörtern über unsere Mutter. Aber dank Olivenöl mit Zitrone heilten die Brandblasen schnell ab.

Später haben wir seine Bewegungen nach der Ofenaktion nachgeäfft. Das schafften wir eins zu eins. Vornüber gebeugt, mit den Händen am Po, ein bisschen hinkend nannte ich das Spiel: „Giuseppe malato." Da kamen besonders bei Martina die schauspielerischen Fähigkeiten durch. Sie konnte genau so verzweifelt gucken. Sie verzog das Gesicht schmerzhaft, begleitet von tsss und aaah und ohh, Dio mio, Madonna mia.

Das alles mit schallendem Gelächter. Die Drohung unserer Mutter, „wenn ihr damit nicht aufhört, bleibt euch der Rücken stehen und Ihr lauft später immer so", haben wir ignoriert. Über das Gesicht von Martina musste sie auch lachen, bis ihr der Bauch wackelte. Schließlich wurde sie immer an Ihre Ofenaktion erinnert.

Nicht nur unser Vater, auch der Kohleofen hatte gelitten. Die Oberfläche war mit verbrannten Stoffteilen gespickt. Alles zwar nur kleine Stücke aber ich kann euch sagen, die Platte musste zwei Tage geschrubbt und abgeschabt werden – und wer musste das machen? Ich!

„Nimm datt Pittamessa und Stahlwolle, da krisse datt mit runter!" Befahl unsere Mutter gnadenlos.

Und ich war natürlich sauer. „Wer hat ihn denn auf den Ofen gesetzt?", hätte ich gerne gefragt.

Manchmal wenn Giuseppe draußen vor der Haustür war, rief die ein oder andere Nachbarin schadenfroh:

„na is dein Hintan widda heile?"

„Kannse schon sitzen?"

Böse italienische Blicke scheuchten alle in ihre Häuser zurück.

Der eigentliche Hausname Puleo wurde sehr schnell in Poleo umgewandelt, aber nur wenn er es nicht hören konnte.

Und ihr meint jetzt bestimmt, unser Vater hätte nach diesem Erlebnis nicht mehr über das Essen geschimpft.

Mitnichten!

Fast jeden Mittag war das italienische Essen unserer Mutter für ihn nicht in Ordnung. Nach einiger Zeit des Unfriedens stellte die unwillige Köchin wieder auf deutsche Küche um. Absolut gesetzeswidrig nach italienischer Rechtsprechung, aber so war sie nun mal. „Ich mach doch nich watt der will," unterstrich sie Ihre Entscheidung. Das war so lecker für uns, wenn es auch einmal wieder Kartoffeln gab.

Die Zeit der langen dünnen Nudeln war zwar nicht vorbei, aber es gab auch mal Sauerkraut mit Stampfkartoffeln.

Giuseppe *„il Patrone"*, stellte sich selbst an den Küchenherd für die Tomatensoße nach sizilianischer Art. Natürlich frontal, nicht rücklings. Er hat weiter über das Essen gemeckert, gefoppt und getriezt.

Seinen vorsichtigen Seitenblick zu unserer Mutter haben wir drei Geschwister bemerkt. Er war auf der Hut. Wenn sie drohte aufzustehen war er sofort wieder ruhig, auch wenn der Kohleofen nicht angeheizt war.

.

# Claudias

# Maikrabatz

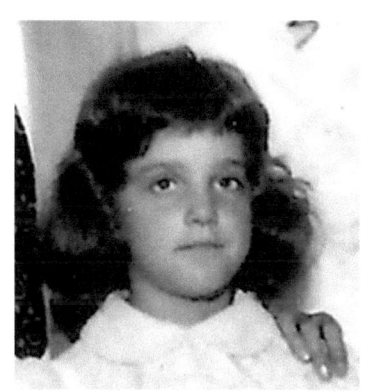

Meine Geschwister Martina und Claudia waren im Alter von 2 und 3 Jahren ein halbes Jahr auf Sizilien im Exil. Sie lebten dort bei Nonno und Nonna, ihren Großeltern, in dem kleinen Haus in Palermo-Bagheria.

Als sie ins Ruhrgebiet zurückkehrten, sprachen sie kein Wort Deutsch. Nur noch italienisch. Es hat eine Zeit gedauert, aber Kinder lernen ja schnell.

Zu ihrem dritten Geburtstag bekam Claudia einen kleinen Marienkäfer aus Plastik, den man an einer Schnur hinter sich herziehen konnte. Ca. 30 Zentimeter im Durchmesser, die Flügel konnte man öffnen, und in dem Käferbauch etwas transportieren. Claudia war glücklich, und nannte ihn ihren Maikrabatz.

Dieser Maikrabatz klebte an ihren Fersen. Ohne ihn ging sie nirgendwo hin. Wenn wir uns ihm nähern wollten, schrie sie wie am Spieß. Streicheln war verboten. Und so klein sie auch war, wegnehmen durften ihr ihren Schatz keiner. Größere Kinder aus der Siedlung konnten sich schon mal ein blaues Schienbein einfangen, wenn sie dem Käfer zu nah kamen.

Sie mutierte dann sehr schnell zu einer kleinen wütenden Hexe.

Wir Geschwister wussten, sie konnte auch beißen. Einige Abdrücke zierten dann unsere Arme und Hände. Wenn ein Bein gerade im Weg war, schlug sie da auch ihre kleinen Mausezähne in die Haut. Nachts stand ihr Maikrabatz unter ihrem Kinderbett und wir durften ihn noch nicht einmal ansehen, geschweige denn berühren.

„Tuck wesch!!!"

hörten wir ihre Warnung selbst abends im Bett, wenn es dunkel war und wir überhaupt nichts mehr sehen konnten. Wo immer sie auch spielte, war er bei Fuß oder maximal in Sichtweite. Ihr könnt euch vorstellen, wie sehr wir uns auch so ein Spielzeug wünschten.

Nur montags stellte sie den Käfer bei unseren direkten Nachbarn vor die Wohnungstür. Familie Steinbach hatte sich angewöhnt, wenn dieses Spielzeug vor der Tür stand, es mit Süßigkeiten zu füllen. Dazu mussten sie nur einen Flügel anheben und das Zuckerzeug hineinlegen. Das wurde zu einer schönen Gewohnheit. Es ergab sich so, dass unsere kleine Schwester durch ihren Maikrabatz ziemlich berühmt wurde. Familie Steinbach hatte eine Gaststätte und manchmal winkten sie Claudia Sonntagmorgens herein, um mit ihr zu plaudern.

Quasseln konnte die Kleene wie ein Wasserfall. Die Kommunikation war nicht ganz einfach mit ihr.

„Ish will nish", oder „masch das nisch,"

war für uns anderen zwei Geschwister noch eine zusätzliche Fremdsprache. Wir sind also dreisprachig aufgewachsen, Deutsch, Italienisch und Claudisch. In ihren Wörtern fehlt immer irgendein Buchstabe der natürlich durch andere ersetzt wurde. Auch „come ti ciami?", die Frage auf Italienisch, „wie heißt du?", konnte sie nicht aussprechen. „cone qui quami" kam bei ihr dabei heraus. Natürlich hatte die kleine blondgelockte Claudia schnell raus, dass sie damit jeden um den Finger wickeln konnte. Augenaufschlag aus großen blauen Kulleraugen und gespitztes Schnütchen aus dem Bümschn und Cone qui quami hervorsprudelten, war der Hit für alle Erwachsenen.

Sag doch mal „Blümchen", wurde sie aufgefordert. Ihr „Bümschn" war dann immer einen Lacher wert. Sie sollte oft einen Handstand vorführen. Ihr Handstand war ebenso berühmt. Er war ähnlich wie ihr Sprachfehler, auch ein außergewöhnlich.

Mit erhobenen Ärmchen nahm sie Schwung nach vorne, landete sicher auf ihren Händen, und die kleinen dünnen Beinchen blieben angewinkelt wie bei einem Frosch. Ein Bild für die Götter.

Wenn wir zu dritt waren, machte Martina noch einen perfekten Spagat und ich einen Radschlag. Das war eine tolle akrobatische Vorstellung für die Kneipengänger beim Frühschoppen und es hagelte „Standing Ovations" Süßigkeiten und Kleingeld.

Auch für ihre Einkäufe benutzte Claudia ihren kleinen roten Begleiter. Er musste tragen helfen. In den Plastikbauch des Marienkäfers passten ein paar Kartoffeln und Nudeln. „Bot und Milsch" trug sie selbst.

Die Milch holte sie nach wie vor in der silbernen Milchkanne, wie es zu der Zeit üblich war. In dem kleinen Lebensmittelgeschäft hatte sie natürlich schon ihre Zirkusvorstellung gegeben. Danach spazierte sie, gemütlich mit sich selbst plaudernd, hinter ihr der Maikrabatz, in der anderen Hand die Milchkanne, nach Hause. Dabei schwenkte sie die silberne Kanne vor und zurück, unterhielt sich mit ihrem Maikrabatz und plapperte in ihrer eigenen Sprache vor sich hin.

Manchmal sang sie auch: "Maitäfer fliech" schaute dem Maikrabatz dabei tief in die Augen, in der Erwartung, dass er jetzt gleich mit den Flügeln schlagen würde und in der Luft neben ihr herflog.

Nicht auszudenken was geschehen wäre, wenn er sich wirklich in die Luft erhoben hätte. Aber das Band, an dem er befestigt war, hatte die Kleine sicherheitshalber dreimal um das Handgelenk geschlungen.

Der lockere Deckel der alten verbeulten Milchkanne löste sich beim Schwenken. Weiße Plemper-Flecken zierten ihren Heimweg und der Maikrabatz wurde aufgefordert die Milch zu trinken. „Da, tink Milsch." Sie hielt an, legte das Brot auf die Erde, und schob den kleinen Käfer mit dem Schnäuzchen über die Pfütze.

Wenn der Käfer nicht mochte, schüttete sie ein bisschen Milch in ihre kleine Hand. „Los! Tinken! Setz sofort!"... „Is warm. Du tris sons Sonnentich."

Ich weiß nicht, ob der Plastikkäfer Milch nicht mochte. Die Fettflecken von der Kleckerei waren noch Jahre später auf dem Bürgersteig zu sehen. Sehr komisches Brot brachte sie jedes Mal nach Hause. Unterwegs knibbelte sie mit ihren Fingern an einem Ende des Kassler-Brotes. Dem Knapp.

Mit den kleinen Fingern das Innerste vom Brot heraus gepult - das Weiche gegessen und mit der Kruste den Maikrabatz gefüttert. Das merkte unsere Mutter, wenn sie Brotkrusten im „Bauch" des Spielzeugs fand. Die Schnitten, die wir dann bekamen, waren eindeutig unvollständig. Die Wurst fiel unten durch. Aber Hauptsache Maikrabatz war satt. Wenn Claudia gefragt wurde, wer das war, kam prompt die Antwort:

„Maitrabatz emacht, is nisch."

Viele Jahre wurde unsere Schwester von ihrem Lieblingsspielzeug begleitet. Abgeschabt, die rote Farbe blättere, ein Flügel hing schief, der andere fehlte und gab den Bauch des Plastikkäfers frei. Claudia hat ihn dann verbunden, mit Streifen aus karierten Trockentüchern, und wir mussten „heile Gänschen" singen. Alle sorgfältig angelegten Verbände und alle Gesänge halfen jedoch nichts. Die vier kleinen Räder unter seinem Bauch, die ihn beweglich gemacht hatten, gingen nach und nach verloren. Also wurde er auf dem Bauch hinterher geschliffen. Er hat viel mitgemacht der kleine Käfer und ehrlich gesagt, wir auch.

Und die Bitte: „Sag doch mal Blümchen", erübrigte sich auch eines Tages. Claudias Antwort war dann ganz unerwartet: „Blume."

Der Maikrabatz verschwand während unseres Umzugs nach Gladbeck. Ich kann mich nicht erinnern, wer ihn weggenommen hat.

Er wurde nicht mehr vermisst. Wir waren älter geworden, hatten Rollschuhe aus Eisen, einen Roller und andere Spielgeräte. Den Einkauf erledigte unsere Mutter selbst.

Claudia konnte hervorragend Deutsch und Italienisch sprechen. Gebissen hat sie auch nicht mehr.

Und heute noch, wenn sie erzählt und lossprudelt ist es, als wenn ein Wasserfall herniederprasselt. Gnadenlos.

# Die roten

# Gummistiefel

Gummistiefel waren eine praktische Sache. Nie bekam man nasse Füße, auch wenn wir durch tiefste Pfützen wateten, und bei Regen fröhlich darin herumsprangen. Bis kurz unters Knie waren die Beine geschützt. Die Knobelbecher wurden immer eine Nummer größer gekauft und im Winter trug man drei Paar Socken, damit die Füße warm blieben. Ich hatte auch solche Gummistiefel. In rot. Nagelneu, und natürlich eine Nummer größer. Sie waren mein ganzer Stolz.

In der Nähe unserer Siedlung war ein Sportplatz und davor ein kleiner Park mit Tischtennisplatten und einer Bank. Dort war ich sehr gerne. Eines Abends im Herbst ... es wurde schon langsam dunkel ... marschierte ich zum Sportplatz auf dem das Flutlicht alles hell erleuchtete. Fußballtraining. Ich kroch durch unter den Büschen her, durch ein Loch im Maschendraht auf die Laufbahn des Sportplatzes und schaute mir das Training an.

Oh, mannnn! Das waren ja Mädchen, die da Fußball spielten oder vielmehr kreuz und quer durcheinander liefen und alle auf einmal hinter dem Ball her waren.

Gespannt und neugierig legte ich meine Arme auf die Bande und schaute dem Treiben zu. Ich beobachtete alles sehr genau. Kurzsprint, Tempolauf und Zickzack mit dem Ball. Das wollte ich auch versuchen. Ungefähr auf gleicher Höhe wie die Mädchen auf dem Platz stellte ich mich auf der Asche-Laufbahn auf. Wenn der Trainer rief: „Los!" Rannte ich außen mit und meine Gummistiefel flogen mit mir über die Bahn. Für mich alleine trainierte ich neben dem eigentlichen Fußballfeld und hatte einen Mordsspaß. Mein Laufstil war sowieso schon etwas sonderbar. Ich warf die Unterschenkel immer seitlich weg. Das fanden alle Mädchen zu der Zeit chic und ich auch.

Die Waden und Füße schmiss ich dabei wie Paddel hinten hoch, dann zur Seite, und wieder nach vorne. Manchmal stolperte man, wenn die Beine sich verhakten.

Es war gar nicht so einfach zu lernen. Trotz dieser Chic-Technik und der beim Rennen hinderlichen Gummistiefel, konnte ich ein ordentliches Tempo vorlegen. Ich hatte Spaß das draußen mitzumachen.

Nach einiger Zeit kam der Trainer an die Bande, schaute mich an und sagte:

„Du läufst ja mit Gummistiefeln schneller, als die anderen mit Turnschuhen. Möchtest du nicht auch einmal mit uns trainieren?"

Alles andere als feige, lief ich mit auf den Platz. Mit viel zu großen Gummistiefeln versuchte ich den Ball zu treten, mitzulaufen und Tore zu schießen. Über meinen Laufstil, „Propellertechnik" wurde natürlich gelacht. Und meine Gummistiefel, die ja locker waren, eierten bei jedem Schuss hin und her. Wenn ich die Zehen nicht gekrümmt hätte, wäre der Gummistiefel Richtung Tor geflogen, ohne Ball.

Der Trainer hieß Heini.

„Komm mal mit Heidi, ich zeige dir wie man rennt." Er nahm mich mit an das Ende des Spielfeldes, beschäftigte die anderen Spielerinnen mit: „Balltraining am Fuß!"

Ich bekam Einzeltraining. Heini zeigte mir, wie ich aus dem Stand starten musste.

Wie ich die Arme und Beine richtig einsetzen konnte, um Tempo zu erreichen. Wie man den Ball mit den Beinen führen konnte.

„Das mit den Hubschrauberbeinen lässt du jetzt mal sein", lächelte er.

Mit dieser Bemerkung war das Training beendet und ich war sooo glücklich und überrascht, als ich merkte, wie schnell ich war.

„Wäre schön, wenn du wiederkommen würdest. Wir brauchen noch Mädchen für unsere Mannschaft. Vielleicht hast du ja ein Paar Turnschuhe, damit geht es besser."

Ich marschierte nach Hause. Stolz wie Oskar. Und gefühlt einen halben Meter größer. Da kam dann die kalte Dusche, weil ich viel zu spät Heim kam.

Wo warsse? Essen gibt's gez nich mehr!" fauchte unsere Mutter mich an.

„Ich hab auf dem Sportplatz Fußball gespielt," antwortete ich kleinlaut.

„Da gibt es eine Mädchenmannschaft."

„Nee gez, ne? Du lüchs doch! Has dich widda rumgetrieben,"

glaubte unsere Mutter mir nicht.

„Du wars imma schon nich ganz dicht! Fußball!? „Lern libba kochen!"

„Waschen! Ab ins Bett!"

War ihre deutliche Ansage und für mich somit der Abend gelaufen.

Nachts träumte ich vom Fußballspielen. Ich wollte es so gerne, so sehr. Der Fußball kullerte sozusagen die ganze Nacht durch meinen Kopf. Am nächsten Morgen, als unsere Mutter sich beruhigt hatte, berichtete ich von dem Erlebnis.

Das es eine Mädchenmannschaft gibt, wann sie trainieren, und, und, und. Alles sprudelte aus mir heraus. Und dann noch kleinlaut hinterher: „ich brauche Turnschuhe." Ganz leise kam das über meine Lippen.

Immer wieder übte ich auf dem Bürgersteig meine neuen Techniken. Ohne Ball, aber ich hatte ja Fantasie. Steine und Grasbüschel waren mein Ersatz. Auch schon mal, die mit Sand gefüllte Hinkeldose. Meine Freundinnen wunderten sich. Ich erzählte aber nichts. Der nächste Dienstag kam, und der Trainingsabend. Ich wollte raus zum Spielen und mich heimlich Richtung Sportplatz verdrücken. Natürlich mit meinen roten Gummistiefeln.

„Komm ma her! Die sind zwa nich neu, hab sie der ollen Kubiak für pa Fennig abgeluchst" - hier hasse watt für zum Fussball spielen."mit den Worten hielt meine Mutter mir ein Paar Turnschuhe hin. Sie hatte sie frisch geputzt und schön gemacht.

Da sie nicht gutmütig wirken wollte, fügte sie noch hinzu: „abba wehe, wenn der Alte datt merkt. Um 7 Uhr bisse zu Hause!"

Gummistiefel aus, in die Turnschuhe vorne bisschen Klopapier gesteckt, weil sie zu groß waren. In Windeseile ab zum Sportplatz. In meinem Kopf ging es drunter und drüber. "Heidi nich die Beine schmeißen. Keine Propellertechnik. Nich die Beine schmeißen!" redete ich auf mich selbst ein. So lief ich die Bürgersteige entlang. In komischen Schrittintervallen. Start ... -Sprint ... Stopp. Ballführung ohne Ball, mit einem Grasbüschel, bis ich am Sportplatz angelangt war. Das war ab jetzt meine Lauftechnik. Verwunderte Passanten schüttelten ihr Köpfe. Was sie dachten weiß ich nicht. Ich war viel zu Beschäftigt um etwas zu merken.

„Da bisse ja. Schön, dann fangen wir ma an," freute sich Heini.

„Erst kurzes Warmlaufen, heute machen wir ein Trainingsspiel", war Heinis Anweisung. Den Kommandoton war ich ja von zu Hause gewohnt, nur hier wurde ich nicht bockig. Aufstellung: Heidi du bist flott, also in den Sturm rechts. Und los ging das Spiel. Keine konnte mir den Ball wegnehmen, wenn ich ihn am Fuß hatte.

Ich sah nichts mehr, nur noch das Tor, und als ich davor stand, traute ich mich nicht zu schießen.

Ich stand wie angewurzelt und erstarrt.„Schieß! Schieß doch endlich!" Hörte ich wie durch einen Nebel. Meine Beine waren festgeklebt auf der Asche, kein Schuss in Richtung Tor – gelähmt, in meinem Kopf stieg das Blut hoch und ich schämte mich.

Nur weg hier – nur noch weg … wollte ich.

Das hatte Heini bemerkt. Neue Aufstellung: „Petra, rechter Sturm, Fella linker Sturm, Heidi linke Verteidigung." Und da war ich richtig.

Unsere Spiele wurde immer besser und es kamen noch andere Mädchen hinzu. Schnell hatten wir eine komplette Mannschaft. Eine prima Torwartin machte auch bei uns mit. Ein Brecher von Mädchen, aber so was von gelenkig. Mutig schmiss sie sich in jede Ecke des Tores, hielt sehr viele Bälle. Wenn man bedenkt … 7,30 Meter breit und knapp 2,40 Meter hoch ... ist so ein Tor und mittendrin eine kleine Person von 1,30 Meter. Da hatte sie schon ordentlich etwas zu bewachen.

Bei Regenwetter grinste sie uns mit Schlamm verschmiertem Gesicht und durchnässter Trainingskleidung an.

Den Arm vorgestreckt, mit beiden Händen zu sich winkend, forderte sie uns beim Elfmetertraining auf „kommt!" Na kommt doch. Mein Tor bleibt sauber."

Heini war stolz auf seine Truppe. Es gab zu der damaligen Zeit sehr wenig Mädchenmannschaften im Fußball. Turnen und evtl. Leichtathletik war ein Sport für Mädchen. Diese Jungen-Sportart war verpönt für kleine Frolleins. Richtige Spiele waren selten, und wenn, dann auch nur gegen die Jungenmannschaften. Auch die Stürmer der Jungens sind an mir verzweifelt. Sie waren manchmal so sauer, dass sie mir androhten: „wenn du mich beim nächsten Spiel nich vorbeilässt krisse Kloppe, so geht datt nich! Mädchen ham nich Fussball zu spielen. Datt is ein Männersport."

Ich grätsche ihnen im Lauf zwischen die Beine, überholte sie während des Sturms auf das Tor und schoss den Ball ins Aus, zur Not faulte ich sie im Sechzehn Meter-Raum. Das hatte ich bei Bundesliga-Spielern und bei den Länderspielen im Fernsehen so gesehen.

Die Abseitsfalle hatte ich sehr schnell verstanden. Bei Ballabgabe an die Stürmerin einfach in die Richtung des anderen Tores laufen.

Dann ist die Stürmerin der Gegenseite bei Ballannahme im Abseits.

Klappt aber nur manchmal. Es kann auch schon mal „in die Hose gehen" und Tore hageln, wenn man sich verschätzt.

Auch ich hatte blaue Flecken an den Porreepiepen. Einmal bei einem Spiel schrie Heini über den Platz:

„Heidi, du bis kein Junge!"

Und lachte, dass er sich krümmen musste. Er war stolz, weil ich wieder einmal ein Tor auf Biegen und Brechen verhindert hatte.

Das erste ernsthafte Spiel gegen eine Mädchenmannschaft aus dem Odenwald wurde geplant.

Ein richtiges Spiel war aber nur mit echten Fußballschuhen erlaubt. Natürlich habe ich nicht gezeigt das ich traurig war, aber auf dem Heimweg kullerten die Tränen dann doch. Zu Hause fragen konnte ich nicht, die Dinger kosteten ein Vermögen.

Und wieder passierte es. Unser Nachbarsjunge Ernsti, sah mich auf der Hoftreppe sitzen und heulen.

„Na du doofe! Warum heulse?"

Ich war nahe dran, ihm eine zu schmieren, obwohl er einen Kopf größer war.

„Hau ab! Blödkopp! Ich hab keine Fußballschuhe und darf Sonntag nicht mitspielen!" schrie ich ihn an. Mit einem blöden frechen Lachen sagte er:

„Ich hab schon gesehen, das du spielst. Mädchen spielen Kacke. Alles Krampen!" Er war der Dresche in diesem Moment wirklich sehr, sehr nahe. Mit geballten Fäusten stand ich auf und ging drohend auf ihn zu. Als ich schon ziemlich nah bei ihm war, sah er, das meine Augen Funken sprühten. Dann war ich gefährlich, trotzdem ich noch so klein war. „Aber – aber ... du spielst gut! Ehrlich! - fast wie ein Junge", stotterte er und versuchte mich zu beruhigen. Er wich zurück, drehte sich um und ging ins Haus. Nach einer Zeit kam er wieder auf den Hof und hielt mir seine Fußballschuhe hin.

„Musse noch putzen." „Sind zwar mit Schraubstollen und offiziell auffen Platz verboten, aber brauchse ja kein erzählen."

„Die leih ich dir."

Fassungslos heulte ich jetzt erst recht.

Unser großer Tag kam. Der Reisebus mit den Odenwälderinnen traf am Vereinsheim ein. Jubel und Freude auch bei Ihnen. Es waren viel ältere und größere Fußballspielerinnen.

Dann kam das Spiel. Mit einem echten Fußballtrikot der Gladbecker Mannschaft, Stutzen an den Schienbeinen, und Ernsti's Fußballschuhe, fühlte ich mich wie Berti Vogts, der damalige Nationalspieler in der Abwehr. Ein echter Schiedsrichter mit einer Trillerpfeife lief mit uns auf den Platz. Unsere Mannschaft bildete einen Kreis.

„Was ist unser Leben?!"

Schrie unsere Kapitänin.

„Fußball!", brüllten wir zurück.

Das war unser Schlachtruf.

Die Münze wurde geworfen, die Seiten geklärt. Dann der Anpfiff.

Wahnsinn! Ich war berauscht. 20 rennende Mädchen, Schlachtrufe, Anfeuerungen. Herrlicher Sonnenschein. Am Rande des Fußballfeldes standen wahrhaftig einige Zuschauer. Ob es wirklich meine Mutter war, die ich meinte am Maschendrahtzaun der den Sportplatz von der

Straße trennte, gesehen zu haben? Sie hätte aber nie zugegeben, dass sie neugierig war. So war unsere Mutter auch.

Von außen schrie Heini: „Fella nach vorne, gib Gas! Heidi aufpassen! Die Stürmerin is gefährlich, rechte Seite sichern!"

- und eben die ganzen Befehle die Trainer so üblicherweise über den Platz schreien. Er war nervöser als wir. Auch er wurde häufig belächelt, das er eine Mädchenmannschaft trainierte.

Das Spiel war in vollem Gange. Ein Tor hatten wir von den Odenwälderinnen schon kassiert, und böse Blicke von Heini. Feller schoss dann das Gegentor. Sie war von der Mittellinie an allen vorbeigezogen. Unbeirrt zum Tor.

Juchhu!!! Gleichstand.

Vom Spielfeldrand war zu hören: "Junge das war ein Törchen, Junge das war ein Törchen... lala lala la, sangen die ungefähr 10 Zuschauer.

Es war ein Heimspiel, wir waren auf Kohle geboren, und unsere imaginären Fans aus der Schalker Nordkurve feuerten uns an.

Die linke Stürmerin der Gegenmannschaft war stark. Im wahrsten Sinne des Wortes.

Ein sehr stabiles Mädchen, viel größer als ich und wenn sie losrannte schlug sie eine Schneise. In der zweiten Halbzeit bekam sie einen Pass ca. 20 Meter vor dem Tor .... und walzte los in meine Richtung. So wirklich konnte ich nichts mehr machen. „Na dann komm!", dachte ich. Breitbeinig stellte ich mich auf und schätzte ab, welche Richtung sie einschlagen würde.

„Heidi angreifen, aangreifeeeen!

Abwehr! Mach voran!"

Schrien alle Spielerinnen und Heini.

Zu allem entschlossen, versperrte ich der Dampfwalze den Weg zum Tor.

Als sie an mir vorbeilaufen wollte, sprang ich nur einen Schritt nach links und blockierte sie. Wamm! Frontaler Zusammenprall. Aber sowas von einem Zusammenstoß. Meine Gegenspielerin hatte wirklich ordentlich Schwung und Tempo drauf. Ich schwankte ein wenig und stand. Sie taumelte, fiel nach hinten und landete auf dem Rücken. Wie ein Käfer lag sie da und blickte ungläubig zu mir hoch. Ich war eine schmale Person von knapp 35 Kilo – und sie fiel um. Auch die Zuschauer waren perplex. „Ah, oh nein," hörte ich.

Ich reichte meiner Gegenspielerin die Hand und half ihr aufzustehen. „Tut mir leid" entschuldigte ich mich. Beide hatten wir nur kleine Blessuren. Sie sagte nur grinsend: „Beim nächsten Spiel gehe ich auf die andere Seite im Sturm", drehte sich um und spielte weiter.

Ein wütender Schiedsrichter rannte auf mich zu. Er fasste in seine Hemdtasche, zückte eine Karte, und ich ahnte Schreckliches. Dafür bekam ich eine Rote. Platzverweis! Und ordentlich Schimpfe: „Das darfst du nicht! Das kann böse enden."

Die letzten Minuten stand ich an der Bande und fieberte mit unserer Torwartin. Sie hatte wieder diesen Blick, den wir von den Tainings-Spielen nur zu gut kannten und die ausgestreckten Hände forderten: komm doch, na komm! Mutig stand die kleine runde Person mit dem Kurzhaarschnitt in dem riesigen Tor.

Der Elfmeter der Gegenseite ging daneben oder besser gesagt, unsere Torwartin Biene wehrte ihn ab. Sie faustete den Direktschuss entschlossen hinter das Tor. Nochmal Jubel und Applaus für diesen spektakulären Einsatz. 10 Minuten später beendete der Schiedsrichter mit dem Schlusspfiff das Spiel.

„Die Mannschaften trennten sich mit einem 1:1 unentschieden", hätte ein Fußball-Sprecher im Fernsehen das Ende des Spiels kommentiert.

In der Umkleide feierten wir unseren Sieg oder vielmehr das Unentschieden. Wir umarmten uns schmutzig und glücklich. Unsere Torhüterin warfen wir mit zehn Spielerinnen in die Luft. Vielmehr hoben wir sie in bisschen hoch. Sehr fröhlich waren wir.

„Beweist, das Gewicht und Wucht nicht die größere Schlagkraft hat, wenn Mut die Antwort ist", hat Heini anschließend zu mir gesagt – und den Anschiss für das Foul gleich hinterhergeschoben. Damals wusste ich nicht, was er meinte. Nach einiger Zeit bekam ich ein paar gebrauchte Fußballschuhe von Heini geschenkt. Bis dahin lieh Ernsti mir seine für „wichtige Spiele". Meine Fußballschuhe habe ich noch Jahrzehnte mitgeschleppt, wohin ich es mich auch verschlagen hat. Wann sie verloren gingen weiß ich nicht mehr. Schade.

Manchmal, aber nur manchmal, wenn die Mädels et in Kopp krichten, wurde ich von meinen Mitspielerinnen lachend aufgefordert: „lauf doch nomma so wie früher, du weist schon, mitte Beine anne Seite schleudern."

Aus Jux habe ich Propellertechnik gespielt, doch ohne die Gummistiefel sah es längst nicht mehr so drollig aus. Nieee habe ich ein Tor geschossen, auch später nicht als ich „Libero" wurde. Aber einige Gegentore konnte ich verhindert.

Wenn ich mir heute Gummistiefel kaufe für den Garten, dann nur rote. Die bringen Glück.

# Eine Viertelstunde Meerjungfrau

Erinnert ihr euch an die silbergrauen Zinkbadewannen, die früher einmal in der Woche in der Küche aufgestellt wurden? Im Stall hochkant aufbewahrt, am Wochenende durch das Fenster in die Küche gewuchtet. Heißes Wasser wurde im Kessel auf dem Kohleherd gemacht. Entsprechend lange dauerte es, bis die Zinkbadewanne, an einem Ende eckig, da war der Stöpsel, und am oberen Ende weit ausladend in einem Bogen verlaufend, gefüllt war. Ganz voll ging nicht, das hätte Stunden gedauert.

Jeden Samstag war in unserem Zechen-Haus Badetag. Natürlich wurden die kleinsten zuerst ins warme wohlige Wasser gesetzt und abgeschrubbt. Dafür durfte ich zum Schluss so lange im Wasser bleiben, bis es kalt wurde und die Haut anfing zu schrumpeln.

Ab und zu gab es mal Badeschaum, das war dann Hochseebaden mit Gischt und Eisbergen. Ansonsten machte es auch Spaß die Kernseife, deren Richtung nie einzuschätzen war, durch die Hände flutschen zu lassen. Mal landete sie im Spülstein, mal vor der Fensterscheibe, mal auf dem Küchenboden.

Das war dann die Schlittenpartie für unsere Mutter. Als das Seifenstück einmal im Nudeltopf landete, gab es tolle Seifenblasen und natürlich richtig Ärger.

Wenn ich dann an der Reihe war und in die Wanne steigen durfte, rutsche ich vom oberen Ende hinein. Dieses gruselige Gefühl, von der Oberfläche der rauen Zinkwanne auf meiner Haut, gehörte dazu. Unbeschreiblich stumpf und unangenehm erzeugte es Gänsehaut. Dann das Hineingleiten ins lauwarme, durch Kernseife milchige, Wasser. Ein Kessel heißes Wasser wurde noch nachgefüllt. Meine kleinen Schwestern, schon im Schlafanzug und mit rot geschrubbten Wangen, schauten mir vom Küchentisch aus zu. Die Haare ordentlich gekämmt. Wenn niemand zusah, habe ich sie mit Wasser bespritzt und sie quietschten und lachten. Bis zum Essen spielten sie noch „Schwarzer Peter", ein Kartenspiel bei dem die letzte Karte der „schwarze Peter" war, und wer sie zog, bekam einen schwarzen Strich mit Asche ins Gesicht gemalt.

Schnell war es vorbei mit den sauberen Gesichtern meiner Schwestern. Sie gibbelten, wenn sie sich ansahen. Uns vom Dreck fernzuhalten, war echt schwierig.

Ich verwandelte mich unterdessen in der Badewanne in die kleine Meerjungfrau, von Wellen und Gischt umspült. Die überkreuzten Füße wurden zu meiner Schwimmflosse. Über mir die Glühbirne an der Decke fühlte sich wie die Sonne an. Wolken, die durch die Küche zogen, kamen vom Wasserkessel auf dem Kohleofen. Ich schwamm ganz weit hinaus, so weit, wie es in der Badewanne eben möglich war.

Das Seifenstück ähnelte springenden Delphinen. Eine Holzbürste, die nur noch wenig Borsten besaß, wurde zur Schiffsplanke von einem versunkenen Wrack, nach dem ich dann unter Wasser Ausschau hielt. Nicht sehr oft, denn das Seifenwasser brannte in den Augen. Ein Frottiere-Waschlappen war stets als Rochen Willi an meiner Seite. Manchmal schwamm er über mich hinweg.

Die Wellen wurden durch mein Hin-und-her-Rutschen höher und höher.

Ich konnte sehr hohe Wellen machen, so hoch, dass sie über den Rand der Zinkwanne schwappten. Das habe ich natürlich nur in unbeobachteten Momenten versucht.

Den Stöpsel ziehen war verboten.

Doch was würde passieren, wenn die Kette des Stöpsels sich in meiner Schwanzflosse verhedderte?

Da es für Meerjungfrauen ja keine irdischen Verbote gab, wedelte ich mit meiner Schwanzflosse an der feinperligen Edelstahlkette entlang, nur mal so - aus Versehen.

Plopp! Ein Strudel am unteren Ende der Badewanne. Ich versuchte mit meinen kleinen Fersen den Abfluss abzudichten. Zu spät! Der Traum vom Meer, dem versunkenen Schiff und den Delphinen war vorbei. Gezeter und Geschrei. Das Wasser lief durch die Küche, alles war nass, sozusagen eine Überschwemmung der gesamten Landfläche. Der Wisch-Eimer wurde herausgeholt, um das überschwemmte Festland wieder- zugewinnen.

Berge von Handtüchern und Bettlaken bedeckten den Küchenboden. Ich saß in der leeren Wanne und fror. Mein Rochen Willi lag schlapp über dem Abfluss, keiner Bewegung mehr fähig. Er hatte die Überflutung auch nicht verhindern können.

Die ungezogene Nixe musste früher ins Bett.

Kein Fernsehen.

Doch nächsten Samstag würde ich wieder eine kleine Meerjungfrau sein, mit langen Haaren aus Seetang, einer Schwimmflosse mit glitzernden Schuppen, um den Hals eine Muschelkette- wenn auch nur für eine Viertelstunde.

# Gladbeck besucht Palermo

Als italienischer Gastarbeiter zog es unser Vater natürlich jedes Jahr in die Heimat zu seinen Eltern und seiner Familie.

Wenn wir Urlaub auf Sizilien machten, waren das immer 6 Wochen, die gesamten Sommerferien. Die Züge, mit denen wir in Richtung Süden fuhren, waren voll besetzt. Heimreisezeit für die italienischen Gastarbeiter. Entsprechend waren die Züge voll.

Unsere Eltern rannten, wenn der Zug einfuhr gemeinsam los. Den Bahnstein entlang bis die Lokomotive mit den vielen Waggons zum Stehen kam. Drahtiger Terrier und Kugelblitz kämpften sich durch die Menge. Mein Vater, der schnellere, sprang schon während der Fahrt auf das Trittbrett vor den Türen des Waggons. Während der Fahrt öffnete er die Zugtür und versuchte ein Abteil zu ergattern. Meine Mutter in kurzem Abstand hinter ihm, sprang auch, als der Zug angehalten hatte durch die geöffnete Tür, und rannte durch die Gänge. Einer Dampfwalze ähnlich, rammte sie alles weg, was ein Abteil blockieren wollte.

Sehenswert und lustig. Das können wir uns heute nicht mehr vorstellen, aber wir hatten 48 Stunden Fahrt vor uns, und mussten uns auch einmal hinsetzen.

Oben auf den prall gefüllten, abgeschabten Lederkoffern sitzend, warteten wir darauf, das einer von Beiden uns holte. Wir mussten auf das Gepäck aufpassen. Geklaut wurde nämlich ganz schön und wir waren auf der Hut. Da war Claudia ganz gefährlich, denn in einem der Koffer war ja ihr Maikrabatz. Sie schaute jeden der an uns vorbeilief bitterböse an. Nur schon mal zur Vorsicht. Drei kleine Hyänen im Kampf um das Gepäck.

Die Verteidigung unserer Kofferburg war Ehrensache.

Meistens holte und unser Vater uns und wir haben die Koffer hinter uns her geschliffen. Eine kleine Karawane. Da war mir klar, wozu die dicken Stricke an den Henkeln gut waren. Verbissen zogen wir das schwere Gepäck hinter uns her. Unser Vater einen schweren Koffer in jeder Hand schleppte auch ordentlich. Manchmal musste er sie absetzten, weil er unter dem Gewicht schwankte.

Unsere Mutter verteidigte unterdessen das ergatterte Abteil. Und das konnte sie besser als jede Andere. Mit vollem Körpereinsatz ihrer fast 100 kg, ausgeprägter Ruhrpott-Schnauze und italienischen Schimpfwörtern.

„Nix da! Occuparto! B e s e h e t z t!" legte sie sich quer über die zerschlissenen Sitze.

Wer hätte sie von dort auch wegtragen wollen?

Zwei starke Männer wären mindestens nötig gewesen. Freiwillig hätte sie den Platz nicht geräumt. Ein schwerer Kampf wäre nötig gewesen. Manchmal gelang es ihr ein Abteil zu ergattern, oft nur zwei Sitzplätze, da Essen Hbf nicht die erste Haltestelle des Zuges war, mit dem alle Gastarbeiter nach Italien wollten.

48 Stunden waren wir unterwegs, zwei Tage und zwei Nächte in einem sehr unkomfortablen Zug nach heutigen Maßstäben. Speisewagen gab es nicht. Aber wir bekamen „Brotchenne mitte di Snitzele," (Brötchen mit Schnitzel) die unser Vater vorbereitet hatte.

Wir waren sooo aufgeregt und hatten Flöhe im Hintern.

Zwischendurch, wenn der Zug an kleinen Stationen anhielt, sprang unser Vater aus dem Zug rannte zu den Wasserstellen, und füllte die mitgebrachten Flaschen mit Wasser.

Ich habe Todesängste ausgestanden, weil der Zug immer nur sehr kurzen Aufenthalt hatte.

Die Angst, das unser Vater womöglich auf dem Bahnhof zurückbleiben würde, und mit ihm die Wasserflaschen, war groß. Manchmal sprang er, auch wenn der Zug schon anfuhr, in einen der vorderen Waggons und kam durch den Zug zu uns zurück. Wir dachten, er hätte die Weiterfahrt verpasst. Weinen und Theater in dem Abteil. Unsere coole Mutter saß aber ganz entspannt in ihrem unbequemen Sitz.

„Ruhe gez, der kommt schon. Der kennt datt. Is ja schon oft genug nach Sizilien gefahren."

Wenn er dann grinsend auftauchte und merkte, dass wir erschrocken waren, bekamen wir manchmal ein Bonbon und unsere Mutter einen heißen italienischen Espresso. Der Duft verbreitete sich im ganzen Abteil.

Bis wir die Grenze nach Italien erreichten, lagen noch spannende Stunden vor uns. Besonders der Zugtunnel, der durch den St. Gotthard führte, war lang.

57 Kilometer und dunkel, dunkel, dunkel. Die Geräusche der Eisenräder des Zuges hallten von den Felswänden, noch lauter als sonst. Die Fenster durften nicht geöffnet werden. Niemand hielt sich daran.

An schwarzen Kabeln befestigt pendelten Baustellenlampen entlang der Tunnelwand. Sie wackelten hin und her und gaben ein gelbes schummriges Licht. In den Abteilen war nur die Nachtbeleuchtung an. Eine düstere Tunnelfahrt. Mir war immer ein bisschen unheimlich, wenn wir durch diesen nicht enden wollenden Tunnel fuhren. An den nassen Felswänden waren vorbeiziehende bizarre Gesichter zu erkennen, Monster, Hexen, bedrohliche Fratzen und alles was man sich als Kind so vorstellen konnte. Kein heller Tag war weit und breit zu sehen. Die schwach beleuchteten Felswände waren vom Zug scheinbar nur bedrohliche zehn Zentimeter entfernt.

Alle paar Kilometer konnte man eine Eisentür in den Felsen ausmachen. Fluchttüren für den Notfall.

„Nich den Kopp raushalten! Der is dann ab," murmelte unsere Mutter im Halbschlaf.

Die komischen feuchten Ausdünstung der nackten Felsen, an denen das Wasser herunterlief, sind bis heute in meinen Geruchsnerven verankert. Tatan, tatan fuhr der Zug durch den in den Berg gesprengten Schlauch.

Tatan, tatan … konnte auch beruhigend sein, bis die Augen dann zu müde zufielen.

Umsteigen in Rom oder Mailand in die weiterführenden italienischen Züge. Das bedeutete ein paar Stunden in der Nacht Aufenthalt auf den Bahnhöfen. Menschenmengen wie Ameisen-Kolonien tummelten sich dort. Nicht selten schliefen wir auf den Marmorbänken am Bahnsteig auf unseren Jacken. Wir wollten ja wieder, wenn ein Zug eingesetzt wurde, ein Abteil ergattern.

Die Züge ab Rom oder Mailand waren noch ärmlicher. Aber sie waren deutlich leerer.

Ein Teil der Gastarbeiter reisten in andere Richtungen des Landes. Dafür gab es keine Abteile mehr. Wenn wir müde waren, wurden wir ins Gepäcknetz gehoben, und haben dort geschlafen. Die Koffer lagen auf dem Boden zwischen den Sitzen, da schliefen unsere Eltern.

Je weiter es Richtung Süden ging, stiegen auch noch andere Fahrgäste zu. Bauern transportierten ihre Käfige mit Hühnern und freundlich schenkten sie den Kindern frisches Brot und Eselwurst. Eine Ziege in einem anderen Waggon war ein spannender neuer Fahrgast.

Tagsüber spielten wir mit den anderen Kindern. Wir waren unruhig vom langen Stillsitzen. Das eine Kind hatte Papier, das andere Malstifte. Wir versuchten uns in Stadt-Land-Fluß oder malten das vorbeiziehende Meer. Aus Zeitungsseiten wurden Schwalben gefaltet, die dann durch das offene Zugfenster katapultiert wurden. Meisten kamen sie mit dem Fahrtwind zurück und sausten durch den Zug. Doch niemanden störte das in dieser neuen einfachen Welt.

Der Zug Richtung Süden machte „tatan, tatan," und wir schlummerten mit dem Geräusch ein. Tatan, tatan, tatan. Sanft oder manchmal auch unsanft wurden wir hin und her gerüttelt. Wenn meine Augen sich manchmal öffneten, stand unsere Mutter auf dem Flur am halb geöffneten Fenster und rauchte. Nur vorbeifliegenden Masten und dunkle Landschaften waren nachts zu sehen.

Weiter ging es Richtung Stiefelabsatz von Italien. Die Gleise waren Nahe der Küste verlegt und das blaue Meer und die Sonne konnten wir schon sehen. Wellen brachen sich an Felsen und der Strand war zum Greifen nahe und wie eine riesengroße Sandkiste anzusehen, ohne Begrenzungen.

In den Wölkchen erkannten wir Tiere und Wesen die wir uns ausdachten. In Gedanken bauten wir Burgen und sammelten Muscheln am Strand.

Unsere Nasen klebten an den Zugfenstern und wir wussten, jetzt war die Hälfte der Strecke fast geschafft. In den Kurven sahen wir das Ende des langen Zuges und die Menschen, die an den Fenstern ihrer Heimat zuwinkten.

In Villa St. Giovanni hielt der Zug vor einem gewaltigen Schiff.

Eine Fähre die uns übersetzte. Es war fantastisch. Die Schienen verliefen im Schiffsbauch weiter. Auf dem Boden der Fähre waren Gleise verlegt. Die Züge wurden zuerst verladen. Ganz unten im Schiff. Die Lokomotive fuhr immer wieder rein und raus, Waggons wurden abgekoppelt und diese Aktion dauerte so lange, bis alle Waggons im Bauch des Schiffes untergebracht waren. Die Fähre hatte einen riesigen Bauch. Eine große Eisenklappe senkte sich langsam und verschloss die untere Etage.

Ich dachte dabei an Pinocchio, der im Walfischbauch gefangen war. Das Konstrukt aus Stahlträgern und Verstrebungen im Inneren des Schiffes glich den Rippen eines Walfisches.

Es roch nach altem Öl und Schmiere. Da ich aber in meinem Buch nichts von Rettungsboten in dem Walfisch Bauch gelesen hatte, konnte es wohl auch keines der großen schwimmenden Säugetiere sein. Also doch ein Schiff. Keine Gefahr, nur viele neue Eindrücke.

Alle Reisenden verließen den Zug, um auf dem Oberdeck frische Luft zu schnappen. Wir waren von der langen Fahrt ebenso staksig, wie das Holzmännchen aus dem Märchen. So stapften wir die vielen Eisentreppen hinauf.

Wenn der Zug komplett eingefahren war und alle Fahrzeuge auf dem Autodeck fest standen, legte die Fähre ab. Von der Reling auf dem Oberdeck durften wir ins Wasser schauen. Das Wasser um die Schiffsschraube brodelte. Wind zerzauste unsere ohnehin schon strubbeligen Haare.

Am Tag konnte man in der Ferne Sizilien schon sehen. Unser Sizilien. Die Insel die noch altmodisch und unmodern war. Mit Zitronen und Olivenbäumen. Eine Reise zurück in die Vergangenheit, in der noch große Familien in kleinen Häusern zusammen wohnten. Unser Vater wurde zusehend unruhiger und aufgeregter. Heimweh war zu spüren. Vorfreude auf seine Verwandten und Freunde.

Nur noch ein paar Stunden bis Palermo entlang der Küste. Manchmal hielt der Zug direkt in Bagheria, einem winzigen Bahnhof in der Nähe von Palermo.

Das Dorf in dem unser Vater geboren und aufgewachsen war. Ein unbeschrankter Bahnübergang, ein Bahnhäuschen. Bahnsteig konnte man den platt-getretenen Lehmboden nicht nennen. Nur der einfahrende schnaufende riesig lange Zug störte die Idylle.

Dort wurden wir erwartet, denn italienische Züge waren nicht unbedingt pünktlich. Heute weiß ich, deutsche Züge auch nicht.

Wir sahen die Traube von Tanten, Onkeln, Cousinen schon aus dem Fenster, und hielten unsere Gesichter in den unvergleichlichen Zitronenduft dieser wundervollen Insel. Wind vom Meer streichelte unsere Kindergesichter. Jetzt wurde geküsst und gedrückt, was das Zeug hält. Das war eine feuchte Geschichte für uns. Die beiden Kleinen wurden von Einem zum Anderen gereicht und durften die Füße nicht mehr auf den Boden setzen. Hochheben ging bei mir zum Glück nicht, dafür war ich schon zu groß. Ein furchtbares Durcheinander herrschte auf dem kleinen Bahnsteig.

Schnell die Koffer aus dem Zug, denn er hielt nur ein paar Minuten, um dann nach Palermo weiterzufahren. Wir winkten den Kindern, die wir im Zug kennengelernt hatten zu und wussten, wir würden sie nie wieder sehen.

Gestikulieren, lautes Sprechen als ob alle Zanken würden, und wir waren doch so müde von der Fahrt.

Schließlich ging es mit Esel-Kutschen und kleinen dreirädrigen Transportern zum Haus unserer Großeltern. Wir wurden von einer Eskorte an Vespas, auf denen die jüngeren Brüder unseres Vaters neben uns herfuhren, begleitet. Ein altes Haus in einer schmalen Gasse in dem ärmlicheren Teil von Bagheria erwartete uns. Wäsche hing zum Trocknen quer über die Straße. Putz bröckelte von den Außenwänden. Doch die volle Gastfreundschaft der gesamten Familien und Nachbarn war in dem fröhlichen Durcheinander zu spüren. Erschöpft sind wir am Tisch fast eingeschlafen.

Doch vorher war noch unser berühmter Knicks angesagt. Das kannte man auf Sizilien nicht. Die Röckchen an der Seite leicht angehoben, das rechte Knie gebeugt, den Fuß nach hinten - und fertig war der Knicks.

Besser hätte es eine Dame am französischen Hof nicht machen können.

Sechs Wochen Melone, Eis und baden gehen in dem salzigen blauen Meer.

Aber auch 6 Wochen feuchte Küsse, ständig irgendwelche Verwandten besuchen, ständig einen Knicks vorführen. Mit einer Esel-Karre von A nach B. Alle Mann in die Karre. Ich dachte nur, „der arme Esel." Er musste die Karre ja den Berg hinauf ziehen mit uns unserer properen Mutter.

Wir waren „i tedesci" die Deutschen. Blonde Haare „e occhi blu" (blaue Augen), wurde damals staunend als außergewöhnlich betrachtet.

Wenn wir nach Deutschland zurückkamen, gab es viel zu erzählen.

# Schielende Bambola

Fröhliches Treiben an langen Tischen war auf Sizilien üblich, wenn gemeinsam zu Mittag gegessen wurde. Gleich, wer dazu kam, fand einen Platz und bekam einen Teller mit Nudeln. Der Rest wurde geteilt. Italienische Gastfreundschaft.

So auch an einem Sonntag in Bagheria. Stunden vorher kochten die Frauen, die Männer holten Wein und Getränke. Der Wein auf Sizilien wurde noch in Flaschen beim Weinhändler geholt. Aus einem großen Fass abgefüllt, hatte er es Promille-mässig in sich. Es gab ihn zum Essen für die Erwachsenen und wir Kinder bekamen Aranciata oder eben Wasser aus dem Kran.

Bestimmt 15 Personen saßen um den langen großen Holztisch, über den ein einfaches Bettlaken lag. Uns Kindern wurde ein Kissen unter den Popo gelegt, da die Stuhlsitze im Gegensatz zum Tisch sehr niedrig waren. Je kleiner, umso mehr Kissen unterm Po, damit wir vernünftig essen konnten. Mit Löffel und Gabel. Das war neu für uns, die Spaghetti im Löffel mundgerecht zu drehen. Nudeln, Fleisch, Fisch, Salat, Obst und frische Mandeln wurden immer zu einem Festessen gesondert aufgetischt. In vielen einzelnen Gängen.

Martina, Claudia und ich, waren das erste Mal auf Sizilien, und verstanden die Sprache noch nicht richtig. „Mangia!" Wurden wir aufgefordert. „Esst, greift zu" hieß das.

Fröhlich gestikulierten die Sizilianer am Tisch. Fleisch und der Fisch waren das Hauptgericht. Vor Tintenfisch und Schnecken, die es auch gab, hat uns ganz schön gegruselt. Zumal unsere Mutter, die dieses Essen absolut nicht mochte, uns einredete „passt auf, die Schnecken krabbeln gleich aus ihrem Häuschen und beißen euch inne Zunge".

Brrr! Ich hatte das Bild von kleinen Schnecken mit Reißzähnen, die in meinem Mund umherkrabbelten, an meiner Zunge knabberten und es sich vielleicht sogar noch in meinem hohlen Backenzahn gemütlich machten.

Ich ließ die Schnecken von meinem Teller in meiner Serviette gleiten und verschwand im Bad eine Etage tiefer.

Leider waren die Schnecken in der Toilette nicht abzuspülen, sie konnten tatsächlich Schwimmen.

Das Essen war insofern erst einmal beendet, da es zum Nachtisch Eis gab, das an der Gelateria geholt wurde.

Bei den hohen Temperaturen und einem kleinen Kühlschrank konnte es nicht gelagert werden.

Es blieb also noch Zeit für eine Zigarette auf der großen Terrasse. Alles auf dem Tisch blieb so wie es war. Obstschalen, Mandeln und Melonenschalen wurden in die Mitte des Tisches geworfen, und die Gäste versammelten sich auf der Terrasse in der Sonne. Die italienischen Mädchen begannen schon mal mit dem Abwasch. Mit Spungna (Schwamm) und Sapone soffice (Schmierseife) wurde das Geschirr mit kaltem Wasser auf dem Boden der Terrasse geschrubbt. Aus dem Radio tönte Gigliola Cinquetti mit „no ho l'età". Wir Kinder waren drinnen und draußen, oben und unten in dem kleinen mehrstöckigen Haus.

Als ich einmal um die Ecke ins Esszimmer schaute, sah ich wie Martina die Stühle rauf- unter runterkletterte.

„Was machst du da? Komm nach draußen" forderte ich sie auf.

„Nö, will nich", damit setzte sie ihre Klettertour rund um den Tisch fort. Mal nahm sie sich noch eine Mandel, mal ein Stück Obst.

So war sie beschäftigt und ließ sich von mir schon mal überhaupt nicht stören. Mir war das recht, dann hatte ich sie nicht an der Backe, konnte mich zu den Anderen auf die Terrasse setzen, und den fremden Worten und der Musik lauschen. Nach einiger Zeit war Bewegung an dem Vorhang der Terrassentür, der aus Plastikstrippen bestand. Ein Rascheln und unsere kleine Schwester Martina krabbelte auf die Terrasse. Die Schnute noch mit Tomatensoße beschmiert, Obst und anderes Essen waren auf ihrem Kleidchen verteilt.

So gesellte sie sich auf allen Vieren zu unserer Kinderrunde. Sie war damals vier oder fünf Jahre und konnte natürlich schon laufen.

Als ich sie auf mich zu krabbeln sah, hab ich gedacht – die spinnt jetzt und will Hund spielen. Aus großen Augen sah sie mich an und schielte so schlimm, dass ihre beiden dunkelbraunen Pupillen fast in der Mitte hinter der Nasenwurzel verschwanden. „Hör auf damit, dir bleiben deine Augen so stehen" wandte ich den Spruch unserer Mutter an.

Rollende Augen in braun, fast nur noch das Weiße zu sehen. Sie hörte nicht, versuchte vielmehr grinsend und lallend erneut aufzustehen, was ihr nur sehr schwer gelang.

Popo hoch, mit den Händen vorne abgestützt, stand sie dann da und schwankte. Ein zwei Schritte vorwärts, einen zur Seite taumelnd, wieder ein Schritt zurück um das Gleichgewicht zu halten, dann vorwärts um eine imaginäre Kurve, und paff saß sie wieder. Nach tanzen sah das nicht aus.

„Eis! Wann kommt Eis" wiederholte sie. „Io voglio Geeeeelato!", versuchte sie es auf Italienisch mit der Stimme einer Barsängerin.

„Mamaaaaa" konnte ich nur noch rufen.

Sie sah so komisch aus unsere Schwester, mit ihren feuerroten Bäckchen und den schielenden Augen. Das Grinsen war wie eingemeißelt in das verzückte Gesicht.

Unsere Mutter sah sich das gestörte Kind genau an. „Sonnenstich!" War ihre Diagnose. Dabei zeigte sie in Richtung blauer Himmel und wiederholte auf Italienisch „il Sole", um die Anderen aufzuklären. Das hatten alle verstanden. Ein Pulk von Verwandten versammelten sich um das kranke Kind. Hysterie pur. „Dottore! Ciama un Dottore! Presto!"

Telefon gab es zu der Zeit noch nicht in allen Häusern.

Also musste jemand los sprinten, um Hilfe zu holen. Dottores waren quasi alle, die schon irgend jemandem einmal eine Spritze gegeben hatten. Ärzte waren erst in der nächst gelegenen größeren Stadt zu finden. Unterdessen wurde das Kind mit feuchten Tücher gekühlt. Tropfende Bettlaken am ganzen Körper waren jedoch sehr störend. „Weg, weg" versuchte Martina sich aus den Lappen heraus zu kämpfen.

Doch die Tanten blieben hartnäckig, trotz der ungezielten Schläge von „la Bambolas" kleinen Händen. Kratzen half nichts, jämmerliches Weinen auch nicht. Sie wurde binnen kurzer Zeit in eine Mumie verwandelt. Nur Nase, Mund und Augen blieben frei.

Gleichzeitig mit einer erfahrenen Hebamme, die auch wie ein Dottore in Italien war, traf unser Onkel Salvatore mit dem Eis ein.

Die Hebamme untersuchte das Kind, fand aber keine Symptome für einen Sonnenstich. Sie setzte sich zu uns an den Tisch und nahm das, mittlerweile von den Lappen unterkühlte Kind auf ihren Schoß. Martina war von den schweren Kämpfen mit den Tanten mittlerweile erschöpft eingeschlafen und bekam noch nicht einmal mehr mit, als das ersehnte Gelato verteilt wurde.

Was wir bemerkten war, dass alle Gläser bis auf den Grund leer getrunken waren, und nicht mehr an ihren Plätzen standen. Sowohl die Aranciata als auch der Wein, ratzekahl leer. 15 Gläser.

In allen Gläsern stapelten sich Mandeln, Obstschalen und ein paar lange Spaghetti hingen über den oberen Rand. Leere Schneckenhäuschen fanden sich zur Fütterung neben Resten von Salatblättern. Melonenschalen-Schiffchen auf denen gegrillte Sardinen saßen, sollten wohl über die Wasserlachen auf dem Tisch schwimmen. Martinas Spieltisch. Mit Fantasie hatte Sie Landschaften aus den Essensresten gebaut. Nun wurde unserer Mutter einiges klar. „Dat Kind is besoffen, die hat alle Nüsels ausgetrunken! Von wegen Sonnenstich." Unser Vater übersetzte es der italienischen Verwandtschaft.

Und so war es auch. Sie legten die beschwipste Bambola in ein kühles Zimmer. Martina hat glatte 24 Stunden geschlafen, immer wieder „Durst, Durst" gerufen, und sich einige Male übergeben. Am nächsten Tag turnte sie wieder topfit mit uns Anderen auf der Terrasse in der Sonne. Laut schmetterte sie „laschiate mi cantare", von Adriano Celentano.

Ohne Schielen, ohne Taumeln, ohne Kurven laufen. Bis auf den Nachdurst. Man hätte vom Wasserhahn aus eine Infusion legen können. „Wenn die so weiter süppelt, hat die bald Flöhe im Bauch", lachte unsere Mutter.

Ab diesem Zeitpunkt, wenn Martina irgendwo verschwinden wollte, war eines der italienischen Kinder hinter dem flinken Püppchen her, und warnten mit verneinendem Zeigefinger, der von links nach rechts und wieder zurückbewegt wurde:

„No! No! Non bere di nuovo il Vino. Aranciate è Aqua, sono per Bambini piccoli."

Mit dem unschuldigsten Augenaufschlag dieser Welt kam in perfekten italienisch die Antwort: "non lo faccio più" sehr überzeugend und reumütig.

Eine Garantie hätte ich nicht übernommen, dass unsere Schwester das nicht noch einmal wiederholt. Dazu hat sie zu gerne aufgeräumt und „dekoriert".

Einmal habe ich gesehen als sie mit ihrer Kehrseite zu mir stand, dass ihre kleinen Finger bei der Antwort „non lo faccio più" auf dem Rücken überkreuzt waren. Unser Trick bei Notlügen.

Die ganzen sechs Wochen während unserer Ferien hörten wir diese Warnung. Weingläser wurden nach dem Essen sofort abgeräumt oder mit auf die Terrasse genommen. Keine Chance für die kleine schielende, torkelnde Schnapsdrossel.

„Non lo faccio piu," (ich mache das nicht mehr) hat sie auch später in Deutschland noch oft gesagt, wenn Dresche mit dem Kochlöffel und Ärger drohten. Dabei hat sie die Finger der rechten Hand auf dem Rücken gekreuzt und ist noch nicht mal rot geworden.

Ich habe es genau gesehen.

# Die Autorin

Adelheid Bitzer, geboren 1957. Sie wuchs in einer deutsch-italienischen Arbeiterfamilie zweisprachig auf und ist im Ruhrgebiet zu Hause

Schon in ihrer Kindheit hat sie gerne selbst ausgedachte Geschichten erzählt. Als beide Söhne noch klein waren, schrieb sie Weihnachtsgeschichten.

2007-2010 wurden Gedichte von ihr veröffentlicht.

Nach langer Zeit ohne das Hobby Schreiben, erschien im Jahr 2022 ihre erste Kurzgeschichte in einer Anthologie.

Es folgten zahlreiche Veröffentlichungen ihrer Kurzgeschichten in unterschiedlichen Verlagen. Märchen, Kurzgeschichten und Gedichte sind ihre Welt.

# Foto-Termin Sizilianische Hochzeit

Danke...

...für die herzliche und freundliche Unterstürzung meiner Probeleser/innen,
Hans und Ilse Izelle, Sabine Rimkus,

...an Marion Kaltenkirchen die mir ihre Fotos aus den 1960er Jahren für dieses Buch zur Verfügung stellte, und mir mit konstruktiver Hilfe und aufmunternden Worten immer zur Seite stand,

...an meinen Sohn Martin Holt, der mit mir das Cover gestaltet hat.

...an meine Schwestern
Martina Jegust und Claudia Puleo,
die der Veröffentlichung des Buches mit Namen und Fotos zugestimmt haben.